KB019007

지구를 굴리는 외계인

사춘기 아이들의 일상과 마음을 담은 시집

지구를 굴리는 외계인

김미희 지음

시인의 말

휴대전화 메모장이 불룩해졌다. 2년 동안 메모장으로 들어간 시의 싹들이 아우성을 쳐서 꺼낼 수밖에 없었다.

가족이 함께 읽는 청소년시집 《외계인에게 로션을 발라주다》를 내고 많은 독자 리뷰를 읽었다. 나를 떠난 시들이 나도 모르는 새 독자들을 만나고 있다는 사실이 대견했다. 지인이 어느 비공개 학부모 커뮤니티에 올라온 리뷰들을 보여주었다.

"시가 이렇게 재미있는 줄 몰랐다. 킥킥거리며 읽었다."
"내가 시에 취미가 있을 줄이야!"
"매일매일 엄마에게 한 편씩 읽어주고 담임선생님께도 추천했다."
"아빠에게도 읽어주며 가족이 간만에 시를 대했고 즐겁게 읽었다."

수십 개가 넘는 감상평을 읽는 내내 나의 시 근육들이 불끈불끈 솟구쳤다. 울컥, 가슴이 뻣뻣해 왔고 눈물도 찔끔거렸다.

그런 날은 내 시 메모장이 더 와글거렸다. 특히 킥킥거리며 읽었다는 대목에서 나는 고무되었다. 새삼 내가 경이로웠다. ㅋㄷㅋㄷ, 이 두 초성이 쿵쿵 둥둥 연속 발사되어 가슴을 울렁거리게 하는 힘을 가졌다는 걸 알았다. 개그우먼이 될 걸 그랬나? 시인이 되기로 한 내 선택이 너무 성급했던 건 아닐까? 순간 후회스럽기도 했다.

시인이 되기로 한 내 진로에 확신을 얻고자 이 시집을 내놓는다. 이번 시를 쓰며 나는, 5부 '일상에서 발견한 철학적 순간들' 이야기에 무던히 애를 썼다. 몇 편 되지 않는 시였지만 한 편 한 편 쓰는 데 오랜 시간이 걸렸다. 딱딱한 걸 부드럽게 만들기 위해 모자란 내 심장과 뇌에 큰

타격을 입혔다. 좌절감 때문에 머리카락이 우수수 낙하를 감행했다.

'뭐, 철학 아무것도 아니네.' '뭐, 시라는 게 시시하네.' 그런 소리를 들으면 성공이란 생각으로 썼다.

몇 편 되지 않는 그 이야기들에 수없이 메모를 거듭했다. 폼 잡지 않기 위해, 내 몸속까지 스며들게 하기 위해 용을 썼다. 그럼에도 불편하게 했다면 너무 미안하고 죄송하다. 그럴 생각은 추호도 없었다는 것만 알아주기를 바란다.

거듭 이야기하지만, 이 시집의 목표는 아주 단순하고 또 외람되게 거창하다. '재밌다!'가 그 하나요, '철학, 그거 나도 할 수 있겠네.'가 또 하나다. 부디 숨겨진 노력들을 읽으며 각자의 해석을 하나씩 낳게 되기를 진심으로 바랄 뿐이다.

그렇게 시험과 관계없는 쓸데없는(?) 일들에도 귀와 마음을 기울여보면 좋겠다. 우리의 뇌와 마음은 쓸데없는 데서 더 즐거워하니까 말이다.

이쯤 읽고 고등학생이 되는 사점오춘기 우리 딸이 한마디한다.

"이런 주저리주저리 늘어놓는 머리말 말고 폼 나게 딱 한마디만 하세요. '사랑하는 딸, 하운에게 이 책을 바칩니다.'라고."

그게 글 쓰는 엄마를 둔 딸의 보람이자 소원이란다. 이 시집이 나오기까지 딸이 한몫하긴 했다. 고맙다. 하지만 쥐눈이콩만큼 적은 인세는 탐내지 말라고 꼭 짚고 넘어가야겠다.

한 줄만 쓸 재간이 없어 이렇게나 사설이 길었다. 다음 한 문장은 글밥을 왕창 먹여서 뚱뚱하게 키워주길 바란다.

시 씨앗을 물어다 주는
사랑하는 딸 하운에게
이 시집을 바칩니다.

태어날 때부터 누군가의 소원을 들어준 기특한 시집이다.
쓸데없는 생각들이 세상을 바꿔왔다고 믿는다.
쓸데없는 것들을 생각하고 싶은 날 읽기 바라며…….

김미희

차 례

2부 사춘기, 흔들리는 생각들

3부 지구를 굴릴 수 있는 존재

4부 눈에 보이는 모든 것이 시

1부
...

벚꽃의 꽃말은
중간고사

힘든 결정

잠이 온다
절로 하품이 난다
못 참고 하품을 했다
선생님이 그런다

목젖 이쁘다고 자랑하네

나는 내 속을 보이고 말았다
목젖까지 보이며 한 내 말을
선생님이 꼭 알아주셨으면 좋겠다

한 수 위

설마, 운동장에서까지 수업하겠어?

만우절에 우리는
책상을 들고
운동장으로 나갔다

어라,
선생님은
바퀴 달린 하얀 칠판을
운동장으로 끌고 오셨다

꽃말의 통일

벚꽃의 꽃말
개나리의 꽃말
목련의 꽃말은
모두 같다
중. 간. 고. 사.

꽃은 피었고
꽃구경도 가야 하는데
어김없이 중간고사가 닥쳤다
꽃들은 우릴 부르는데
들썩이는 궁둥이를 달래며 앉아 있다

벚꽃 한 번 보고
영어 단어를 읊고
개나리가 흔드는 손 뿌리치며
수학 문제를 푼다

내 성적을 걱정하며
목련이 지고 있다

벚꽃이 떨어지고 있다
개나리가 잎을 내고 있다

봄이
봄이 가고 있다

수학 중독

콩나물국에
콩나물들이
x, y로 엉켜 있다

후루룩 쩝쩝
x, y 들이 속으로 들어가
식을 만들고 부수고
문제 풀이 중이다

아침 속풀이 대신
문제 풀이

꿈속에조차 따라와서

학원 정규 시간엔 일차함수
방학 특강으로 또 이차함수
방학 내내 함수
함수 함수 함수에 묻히겠다

꿈을 꾸었다
신발장에 내 신발이 없었다
이리저리 내 신발을 찾는데
구원자의 목소리가 들린다

네 신발은 영 콤마 십팔(0, 18)에 있다

어이쿠, 내 신발을 찾으려면
함수를 풀어야 했다

이러니 수학이 문제야

학년이 올라가도 이런 문제 꼭 있다
영철이는 한 시간 먼저 출발하고
두식이는 한 시간 후 따라갔다
......
둘이 만나는 것은......

왜 꼭 따로 출발하는지 모르겠다
쉬운 길을 두고 인생 참 어렵게 산다

굳이 시간을 맞춰서 만나게 하는 건
또 무슨 짓궂은 장난이냐고!

처음 출발하기 전에 볼일 다 보면 될 것을!

대체 이러는 목적이 뭐야?

성적 – 중력1

엉망이군
대체 왜 이렇게 떨어진 거야?

중력이 하필 나한테만
강하게 작용하는 바람에
어쩔 수 없었어요

학생 김나균의 일과

김나균은
아침에 학교 오면 제일 먼저
식단표를 확인하고
급식표를 분석하여
메뉴에 대한 욕구가 건강한지 점검하고
급식 시간까지 남은 시간을
분 단위, 초 단위로 변환하여 잰다
점심시간이 되면 시식 평가회
먹으면서 아이들과 품평회
집에 가기 전 급식 어플을 보며 식단 예습
집에서는 어플을 열고 다른 학교 식단표와 비교해 본다

우정 증진 방법

기억은 참 힘이 세다
그 중 맛있는 걸 같이 먹은 기억만큼
강력한 건 없다
맛있는 걸 함께 먹은 사이는
특별하다

한 번뿐인 학창 시절
우리는 특별한 사이가 될 수 있다
날마다 함께 밥을 먹으니까

급식이 맛있어야 하는 이유는
우리가 특별해지기 위해서다
우리 기억이 센 힘을 갖기 위해서다

깨우는 이야기 맞아?

'5교시'라는 말 속에는
하품이 포함되어 있습니다
온몸이 졸음 주사에
반응하기 시작합니다
선생님의 수업은
약 효과를 극대화합니다

"아니, 이렇게 다 자다니, 정신이 번쩍 들게
내가 지구가 두 쪽 날 만한 일을 말해주지."
약효가 아직 온몸으로 퍼지지 않은 몇몇이
중력을 거스르며 눈꺼풀을 들어올립니다

"내가 심은 장미나무가 오늘 와보니 죽어 있어."
 밥은 굶어도 학교 나무 물 주는 일은 거르지 않는 도덕
선생님!

 지구는 멀쩡했고
 멀쩡했던 아이들도 이제 맘 놓고 엎드립니다
 죽은 장미나무를 마음 깊이 애도하기 위해서입니다

선생님만 애통절통 비장한 목소리로 말씀하십니다
"오늘 나 정말 수업 못 하겠다. 수업 여기까지!"
아이들은 묵념을 마치고 고개를 듭니다

쉬는 시간을 알리는 종이 울립니다

고의와 과실 사이

체육을 하고 온 터라 너무 더웠다

기술 시간이었는데 애들이 창문을 활짝 열었다

수업 온 쌤이 문 좀 닫으라고 했는데 덥다며 안 닫았다

쌤은 추웠다

교과서 내용을 설명하면서 문 앞 아이보고

창문 닫으라는 손짓을 했다

하필이면 바로 그때 교장 선생님이 지나간 것이다

교장 선생님께 삿대질을 한 꼴이 되어버렸다

교장 선생님의 당황한 눈빛을 본

기술 쌤은 사색이 되어

냉큼 복도로 뛰어나갔다

"아 아니, 그게 아니고요, 창문 닫으라고 한 거예요."

교장 선생님은 큼큼 헛기침을 해댔다

믿지 못하겠다는 눈치다

이 날씨가 결코 춥지 않다고 느꼈으니까

교과서 속으로 들어가기

용은
상상 속에나 존재하지

운동장에 굴러다니는 과자 봉지를 주워
휴지통에 넣었어

선생님이 보지 않는데도
열심히 청소를 했어

친구가 놀려도
그저 씩,
웃어줬어

뒤에서 선생님 욕하는 친구들 사이에서
선생님 편을 들었어

친구들은
나를
상상 속 동물 보듯 했어

조만간 나는 진짜 용이 될지도
그렇게 도덕책 속으로 들어갈지도

못

철을 섭취하려면
사과에 못을 꽂아서 두었다 먹으면 돼
가정 선생님이 설명하는데
도원이가 하는 말

어쩐지 우리 집 못은 무거운 걸
다 들고서도 비명도 안 지르고
눈 깜짝하지 않더라니
못이 정말 건강해서 그렇군요

못의 단단한 근육을 위해
못에게 일을 시킵시다
무엇이든 바닥에 아무렇게나 늘어놓지 말고

작아지는 학교

내가 한 살 먹을 때마다
나는 한 뼘씩 자라고
학교는 한 뼘씩 작아지고
커다란 교문도
한 뼘씩 작아지고
넓은 교실도
점점 좁아지고

졸업하고 가본
초등학교는 작아지고 작아져
꼬맹이가 되어 있었다
우리에게 담장 키를 조금씩 내주었나 보다

2부
...

사춘기,
흔들리는 생각들

레시피 인생

내 인생 요리 순서는
아래와 같다

최고 산부인과에서 태어나
영어유치원을 다니고
각종 학원을 섭렵하면서
사립초등학교를 나와
특목중학교를 거쳐
특목고등학교를 졸업하여
일류대에 다닐 것이다

그러나 이 레시피대로 되는 건 아니다
혹여 다른 레시피를 준비해 두지 않은
우리 부모님은 당황하실 것이다
부모님은 레시피가 어긋나는 건
사춘기라는 특수 환경 탓이라고 말할 것이다

메뉴판에 없는 새로운 요리가
고객을 설레게 한다는 걸 모르는

부모님에게 어떤 요리를 해드릴까

나는 색다른 레시피를 개발 중이다

홈쇼핑 특집 방송

홈쇼핑 30주년 특집으로
사춘기 3종 세트인 식탐, 잠, 반항을 준비했습니다

외계인이라는 애칭으로 불리는 사춘기, 화면으로 만나
보시죠
냉장고엔 엄마보다 외계인의 지문이 더 많이 찍혀 있네요
밤에 자고, 수업 시간에도 졸고, 쉬는 시간에도 자는군요
엄마와 둘 사이에 한랭전선이 수시로 지나가네요
엄마 문자는 꿀꺽꿀꺽 잘도 삼키네요
아, 그런데 예외는 있네요

치킨집에서 기다릴게
학원 마치고 이리로 와

이 문자에 답을 안 하는 건 예의가 아니라 생각하나 봅
니다

어!

참 간단명료하네요

'네'라고 대답하는 건 몰개성적이라고 생각하는 것 같
군요

어머, 아름답네요. 저런 날도 있긴 있군요

치킨 먹는 모녀 사이엔 온난 기류가 흐르네요

자료화면 잘 보셨지요?

주문하실 분은 080-0000-1111로 전화 주십시오

사춘기 3종 세트 오늘 특별히 공짜로 드립니다

엄마들에게는 덤으로 장난감 피아노 한 대씩 드리겠
습니다

피아노 뚜껑을 열어 '도'를 열심히 닦으시라는 뜻으
로요

아니, 이게 어찌 된 걸까요?

홈쇼핑 방송 사상 처음 있는 일입니다

방송 시간이 끝나가는데 주문이 한 건도 없네요

역시 공짜는 믿을 수 없어서일까요?

집집마다 귀신이 산다

사춘기 자녀를 둔 어머니들이
성토대회를 열었죠

아침마다 거울 앞에서 떠날 줄 몰라
휴대폰은 손에서 놓질 않아
가수 할 것도 아닌데 음악을 너무 사랑해
날이면 날마다 반찬 타령은 빼놓지 않아
공부는 잠깐이고 휴식 시간은 왜 그렇게 길게 갖는지
일일이 나열하기도 버겁다니까

어쩜, 우리 애랑 똑같네요
설마 우리 아이가 그 집에서 온 건 아니겠죠?

얼굴만 다를 뿐
같은 행동을 하며
이 집에 나타났다가
저 집에 나타났다가
신출귀몰
무섭디무서운 사춘기 귀신

엄마가 군대 갈까?

아들 대신 군대 가라면
대신 가겠다는 엄마들 줄을 설 거야

아빠들은 아닐걸
엄마들은 군대 생활 몰라서 그래

아니, 알아도 갈걸
그럴까 봐 엄마들이 대신
군대 갈 수 있는 법이 없는 거겠지

강적

나를 주워다 키우지 않고서야 이럴 수 없다며
입에 거품이 피어나도록 엄마한테 대들었다

주워 왔으면 내가 너 같은 걸 주워 왔겠나
이리저리 고르고 골라 제대로 될 놈을 주워 왔겠지

수박 잡수시는 울 엄마
입가에 웃음과
수박물을 섞어 흘리며 대꾸한다

내가 뭐
수박이야?
배추야?
밤이야?
슈퍼 진열대 통조림이야?

그러게 그런 거라면 먹을 수라도 있지!

입을 쓰윽 닦는 연덕 여사, 울 엄마는

천씨가 아닌 우씨다

우~씨!

지구인을 박해하는 외계인

나들이 가서 단체 사진을 찍어 온 엄마
엄마만 이상하게 나왔다고 사진을 편집해 달란다

컴퓨터로 사진 편집 강습이 시작됐다
아무리 설명해도 엄마는 못 알아들었다
아메바냐고 놀려줬다
머리도 콩 쥐어박았다

외계인이 지구인을 박해한다며
울상을 지었다
아뿔싸,
아빠가 나를 보고 있다
나는 얼른 엄마 엉덩이를 두들기며 격려해 주었다

엄마별에서 함께 온 보디가드
아빠가 눈총을 장전해서 지켜본다는 걸
깜박했지 뭔가

엄마가 화난 시간을 구하시오

엄마 얼굴에
열 시 십 분
알람이 그려졌네

스마트폰 그만해
텔레비전 그만 봐
게임 좀 그만해

호통칠 때마다
엄마 얼굴에
눈썹이 가리키는 바늘은
열 시 십 분

경고 알람이
울리는 시간
열 시 십 분

용도 변경

아빠는 새해부터 몸짱을 다짐하며
러닝머신을 들여놓았죠

나 또한 열공을 다짐하며
독서실용 개인 책상을 장만했죠

아빠 꿈을 싣고 달리던 러닝머신도
내 각오와 다짐을 받들고자 한 책상도
지금은 거실에서 볕을 쬐며
옷걸이와 빨래 건조대로 소임을 다하고 있죠

내 그럴 줄 알았다니까
미래를 내다볼 줄 알았다는 엄마는
심심하면 잔소리를 쏟아놓지요

쓰임이 달라졌을 뿐 손해는 아니라고
아빠와 나는 한편이 되어
엄마 잔소리와 싸우지요

파프리카

엄마 없는 동안
쭈글쭈글 늙어버렸을 파프리카를
냉장고에서 꺼내 처리하라는 엄마의 특명

여행은 엄마가 하고 있는데
축축 늘어진 건 파프리카 피부였다
못 할 게 없는 시대인데
파프리카 어르신의 젊음을 돌려드리고 싶어
인터넷을 뒤졌다

50°C 물에 담갔다 씻으면
파프리카가 젊어진단다

과연 어르신께서 50°C 보톡스를 맞고
사춘기 학생으로 거듭났다

아삭아삭
싱그러운 맛이 났다

흔들의자에 앉아

흔들흔들
이 의자 고장 난 거 아니에요?

근데 아무도 고쳐달라고 하지 않네요

흔들흔들
의자가 움직여요

앞으로 쭉 나갈 것처럼 하다가
도로 돌아와요

흔들의자는 흔들려서
사랑받네요

흔들흔들
흔들리는 내 생각들은
누가 사랑해 줄까요?

할아버지 할머니는 꿈나무예요

꿈나무가 되기엔 내가 너무 자라버렸대요

꿈나무는 꿈을 가진 나무인걸요
꿈나무가 되는 시기란 게 있나요?

나는 꿈이 있어요
씨앗 하나 가슴속에 묻혀 있는걸요
무엇으로 돋아날지 모를 씨앗

할머니 할아버지가 되어도
꿈이 있으면 꿈나무라고요

할아버지 할머니 들에게도
꿈나무 씨앗 나눠드릴 수 있는
나는 빛나는 중학생
꿈나무 이도영입니다

오늘은 졸업식

하루도
거르지 않고
동식이와 엄마는
학교에 왔습니다

조그만 엄마 차에서
동식이는 바로
엄마 등에 업혀
교실로 왔습니다

오늘은 동식이 졸업식이자
엄마 졸업식입니다

엄마의 졸업식을
누구보다 손꼽아 기다렸을 동식이
빛나는 졸업장 김동식 이름 옆에
강 경 희
엄마 이름을 써넣습니다

부탁 – 중력 2

지구야,
할머니가 무거운 걸 들고 갈 땐
힘을 좀 빼면 안 되겠니?

빨리 늙고 싶다면

여기 빈자리 있네, 뭐 어때

친구 놈이 대수롭지 않게
경로석에 앉았다

지하철 문이 열리고 할아버지 한 분이 다가왔다
휴대폰에 눈을 처박고 웃음을 머금은 얼굴로
집중하고 있는 친구
할아버지가 친구의 얼굴을 진지하게 살핀다
염색인지 참머리인지 머리카락도 살핀다
이내 감정을 끝내고 묻는다

엄청 동안이구려
춘추가 어찌 되시기에 새파란 젊은이로 보이는 게요?
비법 좀 알려주쇼, 같이 늙어가는 처지에

친구는 졸지에 최강 동안 대열에 등극했다

제발 묻지 마세요 - 4·16

우리나라 좋은 나라!

다시 태어나도
대한민국에 태어나고 싶지?
……

왜 말을 못 하니?
……

얼른 대답해 보렴
……

대답해 봐, 응?
……
응?
……
응?
……

3부
...

지구를 굴릴 수
있는 존재

때가 왔다

지금,
어렵니?
힘드니?

그럼 네가 가진 빛을
뿜낼 차례다

자존감이 지나쳐서

크흠, 예의 한번 바르구나
내가 오는 줄 미리 알고
한 줄로 서서
나를 반기는 숲속 나무들

기합 한번 넣어줄까
이얍!

이것 보라고
내 기합에
나무들이 바짝 얼었다니까

그러니까 자신감을 가져

우리는
지구를 굴릴 수 있게 태어났다

크든
작든
잘생겼든
못생겼든

지구를 굴려
낮밤을 만들고 있다

낮밤을 만드는 수준
가히 창조주와 동급이니라

나팔꽃이 날았어

난 오를 거야

다들 오르고 싶다고 말만 할 때
나는 보여주기로 했어

계단도 없고
엘리베이터도 없는
전봇대를

천천히 조금씩
오르고 또 올랐어

세상이 넓다는 걸
알게 되었어

지나치지 말아요

문자가 날아왔지요

비가 와요
바람이 많이 부네요
바람이 차가워졌어요
햇살이 퍼져요
꽃이 피었네요

이 말은 모두 '당신이 좋아요'라는 말
당신이 생각난다는 말

눈물이 나요

그건 당신을 사랑한다는 말
당신이 그립다는 말
내 마음속에 당신이 산다는 말

봄소풍

햇살 좋은
그런 봄날엔
소풍 보내자

짜증
화남
고민
불만
……

훌훌 소풍 보내고
이것만 남기자

'아, 좋은 날이다!'라는 말

이 말만 데리고
소풍 가자

싱크홀

어느 날 불쑥
집을 집어삼키고
도시를 집어삼키는
거대한 입!

어느 날 갑자기
내 마음을 집어삼킨
하민지

민들레 씨앗

내 입김을
네게 보낸다

민들레 피어나는 곳
나, 거기 있으니

어느 발명가에게 배우는 연애 비법

너를 사랑하니까
구만리 떨어져 있는 네게
향기를 보내고 싶어
멀리서도 바로 향기를 전하는 방법을 연구하기 시작했지
스마트폰으로 정말 향기를 전달할 수 있게 됐어

몸은 타국에 묶여 갈 수 없지만
너를 위로하고 싶어
직접 만든 매운 떡볶이 맛을
바로 느끼게 해주는 것도 성공했어

너를 그리워할 때마다
네 손가락에서 스마트 반지가 반짝일 거야
불빛이 반짝일 땐 내가 너를 생각한다는 거지

이렇게 스마트폰으로 오감 전달에 성공한 발명가가 있어
그러나 이 모든 것을 수행하게 된 스마트폰은
무용지물이 되었대
시도 때도 없이 향기와 불빛이 흘러넘쳐

고장 접수되었기 때문이지
진짜 마음을 말했을 뿐인데

사랑은 발명을 가져왔지만
발명이 부질없음을 깨달은 발명가는
다시 애인 곁으로 돌아왔대

결혼해도 걱정되니까 – 결별 이유

내 이름은 박지민
내 여자 친구 이름도 박지민

이다음에 우리 애는
이름 같은 애랑만
결혼해야 되는 줄 알까 봐
그게 아주 걱정되기 때문이야

내 사랑이
식은 게 절대 아니라니까

다이어트는 이제 그만

너, 설마 무덤 속으로 들어가고 싶은 건 아니지?

해골은 밤마다 달님 보며 빈단다

제발 살 좀 찌게 해주세요!

허그 허그 허그

강아지는 기쁘면
얼굴에서부터
몸
꼬리까지
온몸 인사

반갑다고
반갑다고
네가 와서
너니까
너라서
좋다고
기쁘다고

넘치는 기쁨을 몸으로
졸래졸래
껑충껑충

안아주지 않을 수 없잖아요

인사는
말보다 몸으로!

연민 – 중탕집 수족관 황소개구리에게 청개구리가

지금 겨울이야
수족관이 따뜻하다고
네 계절을 모르면 안 돼

속지 마
울음으로 밭을 갈려면
지금은 자둬야 하는 시간이라고

내 충고 새겨들어
네가 얼마나 뜀뛰기를 잘하는지
네 목청으로 수족관 유리쯤
박살 낼 수 있다는 것도

잊지 마, 넌 황소개구리야

의리를 부르짖는 너에게

영하 십 도에
저혈당으로 쓰러져
열 시간 동안
거리에 방치된 사람이
죽지 않았다
의사는 기적이라고 했다

주인을 위해 개는
동네 개들을 불러모아
주인을 에워쌌다
몸으로 둥지를 만들어
주인을 품어주었다

개들은
기꺼이 열 시간을
차가운 시멘트 바닥에서 견디며
서로의 체온을 보탰다

행복을 구합니다

행복해지고 싶어서
행복을 사려고 했어요

행복시장
행복약국
행복마트
행복사이트
어디서도 팔지 않네요

행복을 파는 가게를
알면 꼭 알려달라고
광고를 냈어요

드디어 연락이 왔어요

'행복을 이식해 드립니다'
주소를 클릭했어요

오랜 시간 두드렸지만

너무 많은 사람이 몰려서
열리지 않았어요

저, 아직 행복을 사지 못했어요

봄꽃의 컴백 무대

봄만 되면 도저히 막을 수 없을 것 같아
우리를 향한 의심과 감탄의 눈초리
너무 예뻐서 말이 안 나오지?
그래 감탄만 허락할게
겨울 동안 잠잠하더니 과연 그런 거였어?
하는 그 눈빛들은 거둬

맞아 손 좀 댔어
어느 병원인지 가르쳐달라고?
너도 가보겠다고?
갈 필요 없어
요즘 시대가 어떤 시댄데
이동, 맞춤 진료도 몰라?
전화 한 통이면 의사들이 찾아와
받아 적어, 실력파 의사들이야
태양성형외과 햇빛의사
구름성형외과 빗물의사
그 의사들은 우리에게 재능기부하고
말 못할 정도로 뿌듯해하고 있지

일 년에 한 번 우리 컴백 무대에 와줘서 고마워

눈으로 마음으로 많이 즐겨

4부

눈에 보이는
모든 것이 시

달이 애쓴다 – 시인이 되고픈 너에게

보이는 모든 것은
시가 될 수 있다고 했다
시로 쓸 수 있다고 했다

달이 보인다
이미 많은 사람이
많이 써서 못 쓰겠다고
달에게 미안하다고 했더니

달은
내가 써줄 때까지
언제까지나 기다리겠다고 했다

보름달로 반달로 모습을 바꾸기도 하고
깜짝 놀라게 하면 뭔가 떠오를까 싶어
때론 구름 속에 숨기도 했다

오늘도 내 방 앞에 달이 떴다
내 시를 위해 달이 정말 애쓴다

고무대야 속 문어

장터 작고 동그란 바다
작은 바다로 이사 오면
내 이름은 삼만원이 된다

내가 도망가자
삼만원이 도망간다고 잡으려고 난리다

내가 있어야 할 곳은
작은 바다가 아니다
내 이름을 찾으러
나는 가리라

다리는 그러라고
여덟 개나 달렸을 테니
빨빨빨빨빨빨빨빨

생각의 차이일까?

어느 회사는 일반 우유가 저지방 우유보다 비싸고
어느 회사는 일반 우유가 저지방 우유보다 싸다

공정 단계 하나가 더 들어가니까
저지방 우유가 비싸야 한다

걷어낸 지방으로 다른 제품을 만들 수 있으니까
저지방 우유가 싸야 한다

스마트폰에게

스마트한 시대에 살아서
내 소식이 숨을 곳이 없다

생일은 언제인지
오늘 뭘 했는지
앞으로 뭐 할 건지
낱낱이 알려진다

누군가 나를 그리워할 시간
내가 누군가를 그리워할 기회를
박탈당하고 있으며 또한 박탈하고 있다

그리움을 차단하는 너에게 경고한다
한 시간만, 오늘 하루만,
일주일만……
그렇게 잠시만
그리움 충전 좀 하자

암호가 필요해

색소폰
색스폰

색소폰이라고 하면
색소와 탄산이 잘 배합된
환타 맛 노래가 나올 것 같아

색스폰이라면 흐느적흐느적
질퍽한 노래가 나올 것 같고

색소폰 불고 싶다
(톡 쏘는 시원한 음료수가 먹고 싶군)
색스폰 듣고 싶다
(혼자 있고 싶어)

너 지금 색소폰?
아니, 색스폰!
오케이! 나 그만 갈게!
바이!

동지

하우스 귤이 말했어

비타민 D 결핍 증상인가 봐
탈출하고 싶어

실은 나도 그래

몽당연필

버려지면 안 돼
조금만 더 크자

우유를 먹고
줄넘기를 하고
주사를 맞았지

커지지가 않아

성형을 했어
긴 통을 끼워
키를 엄청나게 늘렸지

키가 커졌는데
티가 나
내 작은 키가 더 티가 나

슬픔을 삼키며
그동안 내가 쓴 글밭을 돌아보았어

내 작은 키가

역사를 증언하고 있더라고

역사는 살아 있으니까

난 버려져도 버려진 게 아니야

내 소원

애완용 기린을
기르게 되는 날
이렇게 소리칠 거야

사다리, 너 이제부터 해고야!

수박

그렇게
머리통만
내밀고 있으니까
통통 텅텅
꿀밤 맞는 게 일이지

손은 어디 뒀어?
머리통 막지 않고!

발은 또 어디 숨겼어?
발차기 실력 좀 보여주지 않고!

꿀밤 때리는 손들
막아내 보라고!

네 불긋한 성질
좀 보여주라고!

모내기

입양한 모들
푸르다

논은 가슴에 콕콕콕
어리디어린 모를 받들고
어머니가 되었다

가슴이 벅차올라 그렁그렁
논에 가득 눈물 고였다

지구라는 논에 입양된 우리
지구는 푸르다고 했다
아직은,
우리가 있어서

명심 또 명심

달리고 달리다
지쳐 쓰러질 것 같을 때
그림자가 기어이 나를 잡아당겨
앉히지
더 나아갈 수가 없다고

너도 그림자 거느리고 다니지?
그림자가 말을 걸 때는 들어줘
안 그러면 그림자 녀석
지구를 등지고
우주로 도망가 버릴걸
자기 말을 잘 들어줄 이를 찾아서

동물원을 만든 사람들에게 이르노니

지구는
하느님이 만든
커다란 우리

호랑이
코끼리
원숭이
고래
상어
새우
멸치
……

한데 모아
키우는 우리

아무도 우리에서 도망치지 않아
다른 이들의 돌봄을 구하지 않고
그냥 알아서 잘 살아갈 수 있어

그러므로

돌봄을 구걸하게 하는

또 하나의 우리를 거부하노니

학대

한다

안 한다

온다

안 온다

알고 있니?
아까시나무 잎이
눈을 꼭 감은 채
심장을 졸이며
바들바들 떨고 있는 거!

저수지 저녁 풍경

저 멀리
뿌옇게

재가
날듯

새가
뿌려진다

5부

일상에서 발견한
철학적 순간들

개똥이도 철학하는 시간 1

미래를 생각해야지, 훌륭한 삶을 준비하는 시기니까
학생으로서 일탈 행위는 절대 용서치 않겠다
학생주임 말씀에 손을 들고 친구가 말했다

일탈은 한 번 집 나가는 거고
이탈은 두 번 집 나가는 거죠?

아! 그거 좋은 비유구나, 이것만 명심해라
일탈을 일삼다가 루저 대열로 이탈하게 된다는 거

개똥이도 철학하는 시간 2

쌤, 오늘 야자 빼주시면 안 돼요?
오늘 밤 8시에 아버지와 딸이 모이거든요

아버지와 딸이 모여?
모여서 뭐 하는데?

그거야 저도 모르죠
아파트 게시판에 붙었더라고요
부녀회 8시라고요

그럼 당연히 야자 빼줘야지
어머니 부녀회 가시거든
아버지랑 둘이 심도 있는 인생 이야기를 나누도록 해라
치킨 한 마리 시켜 먹으면서

나는 의심한다 – 데카르트 편

의심한다는 건 생각한다는 것
나는 생각한다 고로 존재한다

효과음: 매미 소리
배경: 새들이 나는 꽃길

나는 어느 별에서 온
공주인지도 몰라
저렇게 울어대는 매미는
나를 위해 노래 불러주는 궁중 악사들일지도
길가에 떨어진 저 꽃들은
내가 제 이름을 기억하지 못해 슬퍼서
떨어졌는지도 모르지
날아가는 저 새는 내 자가용이었는지도
내가 개구리를 유심히 살피고 다니는 것도
다 이유가 있다고

여기가 안방이냐?
아얏!

내 꿈을 깨는 선생님은
지금 실수하는 건지도

깔깔대며 나를 비웃는 너희들도
아주 큰 실수하는 건지도

좋은 말로 충고할게
너희들 생각 좀 하고 살아

이데아 – 플라톤 편

없어져도 없어지지 않는 것
진실로 존재하는 것

아침마다 교문 앞에서
학생주임 선생님 앞에서 한참 서 있지
교실로 바로 오는 일 없지
염색해서, 교복 치마 줄여서, 화장해서
벌점이 수두룩 문제아라고 낙인찍혀도

요리사가 꿈이다가
미용사가 되고 싶었고
패션디자이너 할까도 고민하는
그래서 다양한 도전을 일삼는

넌 이수정이지 변함없이
내 마음속에 빛나는 수정이야 언제나

정의 내리기 - 소크라테스 편

너 자신을 알라

나는 누구인가
나는 나를
철저하게 의심해 본다

나에 대해
나를 가지고
다각도로 탐색하는데
방해꾼이 너무 많아

벌써부터 나를 정의해 주려는 분들,
고맙지만 정중히 사양합니다

학생의 본분 – 몽테스키외 편

《법의 정신》을 완성하는 데
체력을 모두 쓴 나머지
백발도 모자라
말년에 실명해 버렸단다

과연 기분이 어땠을까?

학생이 책상에서 공부하다 죽으면
순직한다고 하는데
그는 열정을 다 바쳤기에
미련도 후회도 없을까?

아니면 시력을 잃어 절망했을까?

과연 얼마나 많은 사람이
그로 인하여 계몽됐을까?

허나 분명한 건
지금 나로 하여

생각이란 걸 하게 만드는

그는,

철학자라는 것!

죽어서도 본분을 다하고 있는

아프냐? 내 마음이 더 아프다 - 예수 편

엄마는 내 휴대폰을 원수로 생각한다
휴대폰과 나의 사랑을 허락하지 않는다
원수를 사랑하라는 가르침을
엄마는 철저히 외면한다

휴대폰을 보며 걷다가 나는
시멘트 바닥에 세게 넘어졌다
무릎은 긁혀 피가 흐르고
손바닥은 깊게 까졌다

내 무릎이, 손바닥이 다친 것쯤 괜찮다
휴대폰이 깨졌다, 내 사랑이 깨졌다

휴대폰 울음소리가 천지를 흔드는 것 같다
휴대폰이 다친 게 속상해서
가슴이 찢어지는 것 같다

휴대폰과 헤어지면 어쩌나
무릎이 아픈 줄도 몰랐다

휴대폰, 네가 아프니까
내가 더 아프다

시험공부를 위한 전략 - 한비자 편

동창회 다녀온 엄마가 가방을 내던지며 말했다
당신 월급은 쥐꼬리만 해서 쓸 게 없어

아빠가 요란하게 신문을 덮으며 맞섰다
벌어다 준 돈 다 어디다 썼냐고? 가계부 가져와 보라고!

가장 예민한 곳, 역린
서로의 목에 거꾸로 돋은 비늘을 건드리며 으르렁거렸다

게임을 하던 나는 컴퓨터를 끄고
조용히 방으로 들어가 책상 앞에 앉았다

그러자 기다렸다는 듯 밖은 고요해졌다
나를 길들이려 서로의 역린을 건드린 것이었다

프러포즈 – 소크라테스 악처 편

나랑 사귀자
나랑 결혼도 하자
너를 역사에 길이 남을
철학자로 만들어줄게

바가지 긁는 거라면
자신 있어

항의 서한 – 파스칼 편

인간은 생각하는 갈대

인간은 갈대와 같이
하찮은 존재이고
생각할 줄 아는 데서부터
인간다움이 시작된다고 하셨죠

하필이면 갈대가 뭡니까?

갈대도 생각을 많이 하면
늪에서 빠져나올 수 있을까요?

과연 벼슬 받은 소나무처럼
정이품 갈대가 될 수 있을까요?

기대와 기다림 – 맹자 편

'진인사대천명'이라 했던가

아빠 생일엔 창작의 고통을 감내하며 완성한
자작 랩으로 축하해 드렸고

엄마 생일에는 비록 일회용이지만
미역국도 끓여드렸다

결혼기념일엔 어려운 주머니 사정에도 불구하고
용돈 털어 영화 티켓도 사드렸다

내 생일이 일주일 앞으로 다가왔다
하늘은 알아줄 것이다
진심을 다한 나의 최선을!

집 나간 마음을 찾습니다 - 공자 편

기자들에 둘러싸여
부끄러운 모습을 한
정치인들을 보며 생각합니다
사회 지도층이라는 분들을 보며 생각합니다

어떻게 저럴 수 있을까요?

그들 마음 집에
측은지심이 살고 있었을 거고
수오지심도 살고 있었을 텐데
모두 집을 나가버렸나 봅니다

그들 자존심을 지켜줄 이 없으니
저런 부끄러운 행동을 저지르고 말았나 봅니다
방심하니 존심을 잃어버렸던 게지요
지금이라도 늦지 않았습니다

집 나간 마음을 찾아 자물쇠로 걸어 잠그고
잘 지키세요!

이건 권유가 아니라 명령입니다

우리가 우리나라에서 살아내야 하기 때문입니다

지구를 굴리는 외계인

1판 1쇄 발행일 2015년 10월 12일
개정판 1쇄 발행일 2022년 3월 28일

지은이 김미희

발행인 김학원
발행처 (주)휴머니스트출판그룹
출판등록 제313-2007-000007호(2007년 1월 5일)
주소 (03991) 서울시 마포구 동교로23길 76(연남동)
전화 02-335-4422 **팩스** 02-334-3427
저자·독자 서비스 humanist@humanistbooks.com
홈페이지 www.humanistbooks.com
유튜브 youtube.com/user/humanistma **포스트** post.naver.com/hmcv
페이스북 facebook.com/hmcv2001 **인스타그램** @humanist_insta

편집책임 문성환 **편집** 윤무재 **디자인** 박진영
용지 화인페이퍼 **인쇄** 삼조인쇄 **제본** 광현제책

ⓒ 김미희, 2022

ISBN 979-11-6080-829-2 03810